# मालूम

## डॉ. राहत इंदौरी

संकलनकर्ता

पराग अग्रवाल

शिवानु सिंह

books

किताब : मालूम

शायर : डॉ. राहत इंदौरी

## रेडग्रैब बुक्स प्राइवेट लिमिटेड

942, मुट्ठीगंज, प्रयागराज-3 उत्तर प्रदेश, भारत

वेबसाइट - www.redgrabbooks.com

मेल - contact@redgrabbooks.com

प्रथम संस्करण रेडग्रैब बुक्स प्राइवेट लिमिटेड द्वारा 2022 में प्रकाशित

सर्वाधिकार टेक्सट : फ़ैसल राहत, शिबली राहत, सतलज राहत 2022

सर्वाधिकार सुरक्षित : रेडग्रैब बुक्स प्राइवेट लिमिटेड 2022

कवर व टाइप सेटिंग : रेडग्रैब बुक्स आर्ट्स

भारत में मुद्रित व जिल्दबंद

ISBN : 978-93-90944-21-7

# इन्तिसाब

राहत साहब की यादों के नाम

इस किताब में राहत साहब का ताज़ा कलाम मौजूद है। राहत साहब की ज़िन्दगी का ये आख़िरी शेरी मज्मूआ है। इसके बाद अब उनकी कुल्लियात ही मंज़रे-आम पर आयेगी।

राहत साहब के चाहने वालों के लिए ये एक ऐसा बदनसीब कलाम है, जिसे उनकी मर्दाना आवाज़ का लुत्फ़ ना मिल सका।

# शायद कि तिरे दिल में उतर जाए मिरी बात

वामिक़ जौनपूरी

मुशायरा एक ऐसा तहज़ीबी इदारा है जहाँ हिफ़्ज़-ए-मरातिब का सबक़ दिया जाता है। यहाँ सामईन को अपनी पसंद और नापसंदीदगी को दूसरों पर मुसल्लत करने से गुरेज़ करना चाहिए, एक-दूसरे के ज़ौक़ का एहतिराम करना चाहिए और अपने को बेक़ाबू न होने देना चाहिए।

तहतुल-लफ़्ज़ एक बड़ा फ़न है जिसको अनीस-ओ-दबीर और इनके ख़ानदानों ने मेराज तक पहुँचा दिया जो सोज़-ख़्वानी, नौहा-ख़्वानी और हम्द-ओ-नात-ओ-मनक़बत और क़व्वालियों को नसीब ना हो सकी। तहतुल-लफ़्ज़ के इलावा किसी अंदाज़ शेर-ख़्वानी को कम्यूनीकेशन का ये एज़ाज़ ना मिल सका कि सामईन दरिया की जानिब मुड़कर ये देखने लगें कि मर्सिया में जिस शेर का ज़िक्र है इधर से आ तो नहीं रहा है। जिस तरह अच्छा संजीदा तरन्नुम हर शायर के बस की बात नहीं, इसी तरह फ़न-ए-तहतुल-लफ़्ज़ भी हरकिस-ओ-नाकिस के क़ाबू की चीज़ नहीं है। मेयारी तहतुल-लफ़्ज़ आवाज़ के ज़ेर-ओ-बम और आज़ा-ओ-जवारेह के दरमयान मख़्सूस मवाक़े पर मुनासिब वक़्फ़े के ख़ातिर ख़्वाह इमतियाज़ का नाम है।

ये भी एक तल्ख़ हक़ीक़त है कि अच्छे तहतुल-लफ़्ज़ पढ़ने वालों की तादाद बहुत कम है और राइजुल-वक़्त तरन्नुम में भी अच्छे पढ़ने वाले कम हैं। बहरहाल जिन शोरा का ना तहतुल-लफ़्ज़ अच्छा है और ना तरन्नुम, उनको अपने रास्ते का तायय्युन करना पड़ेगा। सादा और सपाट तहतुल-लफ़्ज़ उतना मज़हकाख़ेज़ नहीं मालूम होता जितना भोंडा तरन्नुम, जो हर मिसरे पर हूट हो जाने की दावत देता है इसलिए भी आम शोराए-मुशायरा के लिए कम मज़रत रसाँ रास्ता तहतुल-लफ़्ज़ ही है। और अगर कलाम भी अच्छा नहीं और पढ़ना

भी नहीं आता तो अपना और दूसरों का वक़्त ज़ाए करने से कोई फ़ायदा नहीं। उनके लिए शायरी के इलावा दुनिया में और बहुत से धंदे हैं। मुशायरों में शिरकत करने वाले शोरा को एक अम्रे-ख़ास का ख़याल रखना चाहिए कि लाउड स्पीकर की मौजूदगी में ज़्यादा चीख़-चिल्लाकर कलाम सुनाने से गुरेज़ करें। माइक पर कलाम अगर कम ऊँची आवाज़ में सुनाया जाये तो ज़्यादा साफ़ और पुर-असर मालूम होता है। चंद तहतुल-लफ़्ज़ शोरा ग़ैर मामूली और ग़ैर ज़रूरी चीख़, पुकार से काम लेते हैं जो मुशायरा के संजीदा माहौल के मुनाफ़ी तसव्वुर किया जाता है। इज़हारे-बरहमी और लान-तान के लिए चिल्लाने की ज़रूरत नहीं, बल्कि चेहरे पर नफ़रत और बरहमी के आसार पैदा करना चाहिए जो ज़्यादा पुरअसर साबित होते हैं। शेर से कुश्ती लड़ना शायर को ज़ेब नहीं देता।

'शायद कि तिरे दिल में उतर जाए मिरी बात'

इस ज़रूरी तमहीद की रौशनी में देखने से तहतुल-लफ़्ज़ में जिन शोरा का नाम सर-ए-फ़ेहरिस्त आता है वो हैं मर्सियाँ-ख़्वाँ मुहम्मद हुसैन (दरेबा जौनपुर) नज़्म में सरदार जाफ़री, कैफ़ी आज़मी, नियाज़ हैदर, अख़्तरुल ईमान और वहीद अख़्तर बामानी शेर कहने वाले जदीदियों में निदा फ़ाज़ली और ग़ज़ल में शाज़ तमकनत, नज़ीर बनारसी, कृष्ण बिहारी नूर और राहत इंदौरी इन सब के पढ़ने का अपना-अपना इन्फ़िरादी रंग है।

मुहम्मद हुसैन जौनपूरी के यहाँ आवाज़ का ज़ेर-ओ-बम और दस्त-ओ-बाज़ू और चशम-ओ-अब्रू की मामूली हरकत से मुनाज़िर और जज़्बात की तस्वीरकशी जो उनको अनीस के यहाँ से विरासत में मिली है। सरदार जाफ़री के यहाँ ज़ोरे-बयान और शौकते-ज़बान का मुज़ाहिरा होता है। कैफ़ी आज़मी के यहाँ आवाज़ की दौलतमंदी richness और अल्फ़ाज़ की अदायगी में कभी इंबिसात और कभी दहकते हुए अँगारे मिलते हैं। नियाज़ हैदर के यहाँ जोश-ओ-ख़रोश का एक बहर ज़र्ख़ार मोजज़िन मिलता है। अख़्तरुल ईमान और वहीद अख़्तर के यहाँ ठहराव है और चेहरों के उतार-चढ़ाव और तग़य्युरात से कलाम की तर्जुमानी होती है। निदा फ़ाज़ली के तहतुल-लफ़्ज़ में एक ख़ास

क़िस्म की मर्दाना निस्वानियत है जिसमें भाव-ताव बतलाने का आमियाना अंदाज़ पाया जाता है। उनके यहाँ एक शायराना कशिश भी है जो मुआशरे के मायूस तबक़े को अपनी तरफ़ काफ़ी मुतवज्जो करती है। शाज़ तमकनत का अंदाज़ तहतुल-लफ़्ज़ ख़ालिस जमालियाती है। आवाज़ रसीली, लब-ओ-दहन से अशआर इस तरह निकल रहे हैं जैसे हरसिंगार के फूल शाख़ से टूट-टूटकर ज़मीन पर आ रहे हों। नज़ीर बनारसी की आवाज़ रिफ़त आमेज़ है और उनके तहतुल-लफ़्ज़ ग़ज़ल और हज़ल का एक दरमयानी रास्ता पैदा होता है जिसको आम सामईन बहुत पसंद करते हैं। नफ़ीस ग़ाज़ीपूरी का तहतुल-लफ़्ज़ अनीस लखनवी की तहतुल-लफ़्ज़ है। इसमें संजीदगी से, इसमें बुलंदी है, मुतवाज़ुन नर्मी है और गर्मी है जो सामईन को मुतास्सिर करते हैं

राहत इंदौरी का तहतुल-लफ़्ज़ हिस्सीयाती है। उसकी आवाज़ और आज़ा उसके अशआर-ओ-ख़यालात की शक्ल इख़्तियार कर लेते हैं। इस में शिकारी चीते का लोच और पहुँच है। इस में कोबरा और कराइट की डस लेने की कोशिश का अमल और पेच-ओ-ताब है जो कलाम की मसहूर-कुन तस्वीर पेश करता है और सामईन की पूरी तवज्जो ज़ेहन-शायर की दबोच में आ जाती है। जैसा कि मैं पहले अर्ज़ कर चुका हूँ अल्फ़ाज़ के दरमयान बा-मौक़ा वक़्फ़ा तहतुल-लफ़्ज़ में जान डाल देते हैं। ये वक़्फ़े मौसीक़ी में बहुत अहम मुक़ाम रखते हैं। राहत के यहाँ ब-दर्जा-ए-अतम पाए जाते हैं। राहत के पढ़ने में वो सब ख़सूसियात मिलती हैं जो बुलंद पाया उस्तादे-फ़ने-मौसीक़ी में मिलती हैं। मसलन तबला नवाज़ कुंठे महाराज की रस्त ख़ेज़ी, उस्ताद फ़य्याज़ ख़ाँ की गरज और खरज, रवि शंकर के सितार की सदा-ए-तारे-बे-मिज़राब, कत्थक रक़्क़ासा जोशी का नृत्य भाव और बैले डांसर का बे-तुकान हवा में तैर जाना।

मुहम्मद हुसैन जौनपूरी, सरदार जाफ़री और कैफ़ी आज़मी के पढ़ने की नक़्ल करना मुश्किल ज़रूरी है मगर ना-मुमकिन नहीं। राहत की नक़्ल उतारने की कोशिश में बड़ा ख़तरा मोल लेना है। इसी कोशिशें देखने में आती रहती हैं जो बिला इस्तिसना इंतिहाई मज़हका ख़ेज़ तस्वीरें पेश करती हैं। इस कोशिश में नक़्क़ाल राहत दिखने के बजाय सर्कस का मुसख़रा मालूम होने लगता है। राहत एक बा-शऊर फ़नकार है जो अपने उस्लूब के ख़तरात से वाक़िफ़ है। वो

एक रोप डांसर rope dancer (तनी हुई रस्सी पर नाचने या चलने वाला) की तरह पढ़ते हैं। अपने हरकात के मर्कज़े-नक़्ल को अल्फ़ाज़-ओ-ख़यालात के दायरा-ए-जिस्म से बाहर नहीं जाने देते कि मबादा तवाज़ुन खो बैठे और ताली पिट जाये।

राहत एक कामयाब तरीन तहतुल-लफ़्ज़ का शायर है। चंद मुबस्सिरीन उसको मुशायरों का सुल्ताना डाकू कहते हैं। मुझको इन हज़रात से इत्तिफ़ाक़ नहीं और और है तो सिर्फ़ इस क़दर कि वो मुशायरों को लूट लेता है और उसके बदले में अपने ख़ास उस्लूबे-तहतुल-लफ़्ज़, अपने ताज़ा मिज़ाज, सेहतमंद और तल्ख़ी-ओ-शीरीं कलाम को लुटा देता है। वो बहुत आसान ज़बान में शेर कहता है। जिसका ऐलान वो यूँ करता है-

हमने सीखी नहीं है क़िस्मत से
ऐसी उर्दू जो फ़ारसी भी लगे

ख़यालात इतने सीधे-सादे और ग़ैर पेचीदा भी नहीं होते कि हर शख़्स उनको बाआसानी समझ ले और इसी का नाम अच्छी शायरी है। राहत अपने मुनफ़रिद उस्लूब तहतुल-लफ़्ज़ में शेर का वो तसव्वुर खींचता है कि उसका कलाम सामईन के ज़ेहन में नशतर की तरह उतर जाता है

आरज़ू लखनवी ने भी ख़ालिस उर्दू का नारा दिया था और अरबी-ओ-फ़ारसी से मुबर्रा ग़ज़लों का मजमूआ 'सुरीली बाँसुरी' अदब को दिया मगर ग़ज़लों में मीर तक़ी मीर जैसा दिल में तीर की तरह पोस्त हो जाने वाला असर ना पैदा हो सका। राहत इंदौरी जदीद उस्लूब-ओ-अंदाज़े-फ़िक्र का अच्छा शायर है। काग़ज़ पर भी उसके अशआर इतने ही अच्छे लगते हैं जितना उस की ज़बान से सुनने पर। शीशे-ओ-संग का मज़मून उर्दू शायरी से ज़्यादा पुराना और मोमर है। मगर राहत उसको अजीब से पेश करता है-

अपना चेहरा तलाश करना है
गर नहीं आइना तो पत्थर दे

राहत के चंद ख़ूबसूरत अशआर और मुलाहिज़ा फ़रमाएँ-

दिल का आईना यहीं घर में छिपाकर निकलो
लोग तो सिर्फ़ ये देखेंगे क़बा कैसी है

कभी दिल बनके जो सीने से लगा करता था
अब वही पीठ में ख़ंजर की तरह लगता है

अपनी क़िस्मत में लिखी थी धूप की नाराज़गी
साया-ए-दीवार था लेकिन पसे-दीवार था

ये नमूना हाए कलाम आज से कई साल पहले के थे। राहत ने गुज़िश्ता चंद बरसों में इनसे भी ज़ियादा अच्छे अशआर कहे हैं जो मुझको याद तो नहीं हैं अलबत्ता उनका तास्सुर ज़ेहन पर बदस्तूर क़ायम है।

राहत देखने में लड़ाकू और बद मिज़ाज मालूम होता है मगर हक़ीक़त उस के बिल्कुल बरअक्स है। अगर उसको क़ायदा और एहतियात से 'हैन्डल' किया जाये तो वो बहुत प्यारा, बहुत मुहज़्ज़ब और बहुत ख़ुश मज़ाक़, बाहोश और बाशऊर इन्सान है। मैंने राहत को शेर सुनाते वक़्त किसी बदनुमा हरकत का मुर्तकिब नहीं पाया। सान चढ़ती हुई तलवार के मुँह लगना दूसरों की ग़लती हो सकती है तलवार की नहीं। यहाँ तक मैंने क़ारईन से उफ़ुक़े-अदब पर उभरते हुए एक तारे का तआरुफ़ कराया। अब उनसे माफ़ी माँगकर चंद बातें बराह-ए-रास्त राहत से करना चाहता हूँ।

राहत मियाँ बहुत दिनों से तुमसे मुलाक़ात नहीं हुई। मिलने को दिल चाहता है और कुछ बातें करने को। ताज्जुब का मुक़ाम है कि अब तक तुम पर किसी पेशावर नक़्क़ाद ने क़लम क्यों नहीं उठाया। तुम्हारी इल्मियत का भी किसी को इल्म नहीं। मैं कोई पेशावर नक़्क़ाद नहीं हूँ। मैं तास्सुराती तन्क़ीद पर इक्तिफ़ा करता हूँ। तुम्हारा कलाम मुझको सुनने और पढ़ने दोनों में पसंद आया इसीलिए तुमको अच्छा शायर समझता हूँ। तुम्हारा मुस्तक़बिल क्या होगा और तुम उस में

दाख़िल होने के लिए क्या तैयारी कर रहे हो इसका दार-ओ-मदार इस अम्र पर है कि तुम्हारी आलिमाना हैसियत क्या है और क़दीम-ओ-जदीद उलूम-ओ-फ़नून और फ़लसफ़ा पर कितनी दस्तरस रखते हो। तुम इस दौर के अच्छे शायर हो। तुम्हारे यहाँ फ़िक्र की गहराई है और तुम्हारे मिज़ाज में तनव्वो है।

# फ़ेहरिस्त

# ग़ज़लें

आसमाँ मुझसे ख़फ़ा है कि ज़मीं रखता हूँ
मैं ख़ुदा की तरह इंसाँ पे यक़ीं रखता हूँ

मेरे सर पर भी कभी छत हो ये मुश्किल है कि मैं
घर कहीं बनना है बुनियादें कहीं रखता हूँ

मुझसे ख़ुश हैं मिरी धुंधलाई हुई तस्वीरें
कम से कम ख़्वाब तो आँखों में नहीं रखता हूँ

मेरी इस ख़ूबी को क्यूँ ऐब कहा जाता है
चीज़ जिस ख़ाने की होती है वहीं रखता हूँ

तेरी धरती मिरे पैरों से सरकती क्यूँ है
ऐ वतन मैं तिरी मिट्टी पे जबीं रखता हूँ

इक तअल्लुक़ है वुज़ू से भी सुबू से भी मुझे
मैं किसी काम को परदे में नहीं रखता हूँ

अपने रिश्तों की अभी साँस नहीं उखड़ी है
मैं अभी तेरी मुहब्बत पे यक़ीं रखता हूँ

दिन परीशाँ हैं मिरे रात है भारी उनकी
इन दिनों एक सी हालत है हमारी-उनकी

रात से कहना कि धड़कन की भी आवाज़ न हो
अभी ख़्वाबों के परों पर है सवारी उनकी

दोनों हम एक हैं हम दोनों अलग थोड़ी हैं
हो जो तक़सीम तो कैसे हो हमारी उनकी

लाख छुप जाएँ हम अपने परों में फिर भी
ढूँढ़ ही लेगी हमें आँख शिकारी उनकी

अपने हिस्से में तो बस एक उमस आयी है
धूप भी उनके लिए, छाँव भी सारी उनकी

और कोई काम तो जैसे कभी सीखा ही नहीं
मुद्दतें हो गयीं तक़रीर है जारी उनकी

ये क़सीदों का नशा तेज़ बहुत होता है
अब ज़रा देर से उतरेगी ख़ुमारी उनकी

चाहता हूँ किसी मौक़े से उन्हें पेश करूँ
एक तस्वीर जो है उनसे भी प्यारी उनकी

धूप की तेज़ी भी सूरज भी है जिनका साथी
हम न जायेंगे तो आ जाएगी बारी उनकी

आख़िरी शाम हो सहर के बग़ैर
इक सफ़र अब है हमसफ़र के बग़ैर

है बुजुर्गों की सोहबतों का असर
शाख़ झुकने लगी समर के बग़ैर

सुबहे-आमद से शामे-रुख़सत तक
तय सफ़र हो गया सफ़र के बग़ैर

काई जमने लगी है रस्तों पर
मंज़र उड़ने लगे नज़र के बग़ैर

इतने शीरीं सुख़न कहे उसने
चाय मीठी हुई शकर के बग़ैर

नींद आँखों में झूलती है मगर
बात बनती नहीं है घर के बग़ैर

तेरी यादों से दिल है यूँ ख़ाली
जैसे दरिया किसी गुज़र के बग़ैर

सारी दुनिया को सर चढ़ाए रखो
सर का क्या मोल दर्दे-सर के बग़ैर

मस्जिदें हैं ख़ुदा का घर लेकिन
कितनी वीरान हैं बशर के बग़ैर

गुम कहीं हो गयी ख़लाओं में
दर-ब-दर है दुआ असर के बग़ैर

आसमाँ भी नहीं ज़मीं भी नहीं
मैं कई रोज़ से कहीं भी नहीं

वो मेरे हैं! तो क्या वो मेरे हैं?
हाँ यक़ीं है! मगर यक़ीं भी नहीं

ख़ाली-ख़ाली मकान है दिल का
कुछ दिनों से कोई मकीं भी नहीं

मैं भी ख़ुश हूँ कि उनके होटों पर
हाँ नहीं है मगर नहीं भी नहीं

आरज़ूएँ निकालीं सारी उम्र
आरज़ूएँ ज़ियादा थीं भी नहीं

ख़्वाबगह में कहीं मिले तो मिले
शहर तो शहर में कहीं भी नहीं

मेरे सच की क़सम भी खाते हैं
और मिरी बात पर यक़ीं भी नहीं

उसने पूछा कहाँ मिलेंगे हम
मैंने ये कह दिया कहीं भी नहीं

आप ख़ंजर तलाश करने लगे
मेरे कुर्ते में आस्तीं भी नहीं

आइना देखकर वो कहने लगे
आइना इस क़दर हसीं भी नहीं

सियासत में ज़रूरी है रवादारी समझता है
वो रोज़ा तो नहीं रखता पर इफ़्तारी समझता है

उसे समझाइये नासमझियों से बाज़ आ जाये
वो अपनी बेवक़ूफ़ी को समझदारी समझता है

मैं इक-इक हर्फ़ की तस्वीर बन जाता हूँ महफ़िल में
वो पागल मेरे इस फ़न को अदाकारी समझता है

हमेशा जिसने आँखें मूँदकर देखा है दुनिया को
वो जन्नत और जहन्नम को भी सरकारी समझता है

क़सीदा किस तरह लिखना, क़सीदा किस तरह पढ़ना
वो कुछ समझे न समझे राग दरबारी समझता है

अचानक बाँसुरी से दर्द की लहरें उभरती हैं
गुज़रती है जो राधा पर वो गिरधारी समझता है

ये नबियों की विरासत है ये वलियों की अमानत है
ये इश्क़ ईनाम है तू जिसको बीमारी समझता है



मालूम

मगर वो शहरयार इस दर्जा बदज़न है कि अब मुझको
मुहाजिर ही समझता है न अंसारी समझता है

उसे गुलरंगियों का ख़ूब चस्का है हमेशा से
लहू में हाथ डूबे हों तो गुलकारी समझता है

न जाने कौन-सी लपटें छुपी हैं उसकी आँखों में
अगर जुगनू कहीं चमके तो चिंगारी समझता है

छुपा के रक्खी थी इक रौशनी ज़माने से
हवा चराग़ उड़ा ले गयी सिरहाने से

ग़रज़ न सुबह के आने न शब के जाने से
गुज़र रही है इसी हाल में ज़माने से

बहकते रहने की आदत है मेरे क़दमों को
शराबख़ाने से निकलूँ कि चायख़ाने से

हुआ है सामना यूँ ज़िन्दगी का अर्से बाद
बहुत दिनों में पुरानी मिली पुराने से

मिरे लहू की चमक भी है तेरी ग़ज़लों में
ये शेर ढल के नहीं आए कारख़ाने से

नसीहतें न करो इश्क़ करने वालों को
ये आग और भड़क जाएगी बुझाने से

न जाने कौन-सा रिश्ता है इनका शाम के साथ
छलकने लगती हैं आँखें किसी बहाने से



मालूम

तमाम उम्र तआरुफ़ न हो सका मेरा
ये ज़िंदगी कहीं मिलती नहीं ठिकाने से

चले वो लू के थपेड़े कि आज सूरज भी
बुझा-बुझा हुआ निकला है शामियाने से

बहार उड़ ही न जाये कहीं नज़र रखना
हवाएँ बाज़ न आयेंगी गुल खिलाने से

अपने हाथों को वो पतवार भी कर सकता है
हौसला है तो नदी पार भी कर सकता है

जुर्म ख़ुद करना और इल्ज़ाम किसी पर धरना
ये नया नुस्ख़ा है बीमार भी कर सकता है

तू हवादार समझकर जिसे घर ले आया
तेरे दरवाज़े को दीवार भी कर सकता है

किसी रहबर के इशारे पे सफ़र मत करना
ये तिरी राह को दुश्वार भी कर सकता है

ढूँढ़ते-ढूँढ़ते इक उम्र गुज़ारी जिसको
मूँद ले आँख तो दीदार भी कर सकता है

जागते रहिए कि आवाज़ लगाने वाला
लूटने वाले को हुशियार भी कर सकता है

इक हुकूमत है जो ईनाम भी दे सकती है
इक क़लंदर है जो इंकार भी कर सकता है

खड़े हैं मुझको ख़रीदार देखने के लिए
मैं घर से निकला था बाज़ार देखने के लिए

क़तार में कई नाबीना लोग शामिल हैं
अमीरे-शहर का दरबार देखने के लिए

जगाए रखता हूँ सूरज को अपनी पलकों पर
ज़मीं को ख़्वाब से बेदार देखने के लिए

अजीब शख़्स है लेता है जुगनुओं से ख़िराज
वो अपनी शब को चमकदार देखने के लिए

चराग़ मशअलें लेकर छतों पे आये हैं
नयी हवाओं की रफ़्तार देखने के लिए

हर एक हर्फ़ से चिंगारियाँ निकलती हैं
कलेजा चाहिए अख़बार देखने के लिए

हज़ारों बार हज़ारों की सम्त देखते हैं
तरस गये तुझे इक बार देखने के लिए

वो दुनिया के लिए आँखों का पानी ख़र्च करता है
नयी पूँजी कमाता है पुरानी ख़र्च करता है

वो बंजर खेत हैं बोली लगायी जाएगी उनकी
चलो देखें कि बादल कितना पानी ख़र्च करता है

तलाशी लें अगर उसकी गिरह में कुछ न निकलेगा
ज़बानी जम'अ करता है ज़बानी ख़र्च करता है

मैं ख़ुद को बेचकर भी उसके दिन रौशन न कर पाया
जो मेरे वास्ते हर शब सुहानी ख़र्च करता है

कभी गूँगों की मजलिस में, कभी बहरों की महफ़िल में
वो हातिमताई हर शब इक कहानी ख़र्च करता है

उसे कोई ख़बर कर दे कि सिक्के घिस भी जाते हैं
वो कितना बेख़बर होकर जवानी ख़र्च करता है

ग़ज़ल की उठ रही हैं धीरे-धीरे सारी दूकानें
न असग़र कुछ कमाता है न फ़ानी ख़र्च करता है

तजल्लियों का नया दायरा बनाने में
मिरे चराग़ लगे हैं हवा बनाने में

करोड़ों साल की उम्रें हैं चाँद-तारों की
नज़र ही बुझ गयी मंज़र नया बनाने में

मिरी निगाह में वो शख़्स आदमी भी नहीं
जिसे लगा है ज़माना ख़ुदा बनाने में

अड़े थे ज़िद पे कि सूरज बनाके छोड़ेंगे
पसीने छूट गये इक दिया बनाने में

सब अपनी-अपनी ज़बानों में बात करते हैं
लगेगा वक़्त इन्हें हमनवा बनाने में

अभी इन्हें न परीशाँ करो मसीहाओ
मरीज़ उलझे हुए हैं दवा बनाने में

तेरी हर बात मुहब्बत में गवारा करके
दिल के बाज़ार में बैठे हैं ख़सारा करके

इक चिंगारी नज़र आयी थी बस्ती में उसे
वो अलग हट गया आँधी को इशारा करके

मैं वो दरिया हूँ हर इक बूँद भँवर है जिसकी
तुमने अच्छा ही किया मुझसे किनारा करके

मुंतज़िर हूँ कि सितारों की ज़रा आँख लगे
चाँद को छत पे बुला लूँगा इशारा करके

आसमानों की तरफ़ फेंक दिया है मैंने
चंद मिट्टी के चराग़ों को सितारा करके

अब नज़र आने लगे और भी चेहरे मुझको
ख़ुश नहीं हूँ तिरे जादू का उतारा करके

चाहता कुछ भी नहीं हूँ तिरी यादों के सिवा
मुझको दुनिया को दिखाना है गुज़ारा करके

क्या पसंद आएँगी दुनिया की बहारें हमको
हम यहाँ आए हैं जन्नत का नज़ारा करके

आते-जाते हैं कई रंग मिरे चेहरे पर
लोग लेते हैं मज़ा ज़िक्र तुम्हारा करके

अब कोई और नज़र आता है आईने में
रख दिया इश्क़ ने क्या हाल हमारा करके

रौशनी बेहिसाब थी पहले
ये ज़मीं आफ़्ताब थी पहले

सारे मौसम बुझे-बुझे से थे
सबकी हालत ख़राब थी पहले

बनके ताबीर मुस्कुराने लगी
ज़िंदगी एक ख़्वाब थी पहले

ये जो दुनिया वरक़-वरक़ है अब
इक मुक़म्मल किताब थी पहले

हम हिरन की तरह भटकते थे
सारी बस्ती सराब थी पहले

आजकल जो ख़ुदा की रहमत है
ये मुहब्बत अज़ाब थी पहले

हर सज़ा दिलनवाज़ लगती थी
हर ख़ता इन्तेख़ाब थी पहले

आम लोगों के बस की बात न थी
इतनी महँगी शराब थी पहले

दोस्ती अब जो मिल नहीं पाती
हर जगह दस्तयाब थी पहले

मुस्कराते हुए गुज़रती थी
ज़िंदगी कामयाब थी पहले

नींदों का कभी बोझ भी ढोने नहीं देते
कुछ ख़्वाब तो ऐसे हैं जो सोने नहीं देते

ख़िल्वत में भी रखते हैं नज़र मुझ पे मिरे लोग
और भीड़ में खो जाऊँ तो खोने नहीं देते

समझाते हैं अहबाब मुझे कुन के मआनी
मैं कहता हूँ हो जा तो ये होने नहीं देते

बचपन से कहीं तोड़ना आ जाए न उनको
ये सोच के बच्चों को खिलौने नहीं देते

डरते हैं कहीं भीग न जाऊँ, तो ये बादल
दो वक़्त भी खुलकर मुझे रोने नहीं देते

काग़ज़ की तरह मुझको उड़ाते हैं मिरे दोस्त
मुझको कभी मुझमें ही समोने नहीं देते

गंगा पे जमा रक्खा है कुछ लोगों ने क़ब्ज़ा
मुझको तो कभी हाथ भी धोने नहीं देते

नयी हवाओं की सोहबत बिगाड़ देती है
कबूतरों को खुली छत बिगाड़ देती है

जो जुर्म करते हैं इतने बुरे नहीं होते
सज़ा न देके अदालत बिगाड़ देती है

ये तजरिबा है हमारा, हम ऐसे लोगों को
मुहब्बतों की बुरी लत बिगाड़ देती है

मिलाना चाहा है इँसाँ को जब भी इँसाँ से
तो सारे काम सियासत बिगाड़ देती है

हर आदमी नहीं करता गुनाह से तौबा
किसी-किसी को नसीहत बिगाड़ देती है

ये चलती-फिरती दुकानों की तरह लगते हैं
नये अमीरों को दौलत बिगाड़ देती है

हमारे पीर, तक़ी 'मीर' ने कहा था कभी
मियाँ ये आशिक़ी इज़्ज़त बिगाड़ देती है

कश्ती तिरा नसीब चमकदार कर दिया
इस पार के थपेड़ों ने उस पार कर दिया

अफ़वाह थी कि मेरी तबीयत ख़राब है
लोगों ने पूछ-पूछके बीमार कर दिया

रुक-रुक के लोग देख रहे हैं मिरी तरफ़
तुमने ज़रा-सी बात को अख़बार कर दिया

अब लड़ रहे हैं सब मिरे मिलने के नाम पर
मीनार था मैं लोगों ने मिस्मार कर दिया

रातों को चाँदनी के भरोसे न छोड़ना
सूरज ने जुगनुओं को ख़बरदार कर दिया

कटने लगे हैं जिस्म तो क्यों चीख़ते हो तुम
हम फूल थे तो क्यों हमें तलवार कर दिया

शाख़ों पे फँदे बाँध रहा था मैं देर से
चिड़ियों ने मुझको ख़्वाब से बेदार कर दिया



मालूम

इस बार एक और भी दीवार गिर गयी
बारिश ने मेरे घर को हवादार कर दिया

बोला था सच तो ज़हर पिलाया गया मुझे
अच्छाइयों ने मुझको गुनाहगार कर दिया

दो गज़ सही मगर ये मिरी मिल्कियत तो है
ऐ मौत तूने मुझको ज़मींदार कर दिया

जागने की भी जगाने की भी आदत हो जाए
काश! तुझको किसी शायर से मुहब्बत हो जाए

दूर हम कितने दिनों से हैं कभी ग़ौर किया
फिर न कहना जो अमानत में ख़यानत हो जाए

तेरा ग़म है जो मिरे दिल से निकलता ही नहीं
दम निकल जाए किसी रोज़ तो फ़ुर्सत हो जाए

रोज़ो-शब की तरह दूरी है ज़रूरी अपनी
एक मरकज़ पे जो हम हों तो क़यामत हो जाए

तेरी चौखट से ही इन्साफ़ मिलेगा इक दिन
इसलिए बैठे हुए हैं कि समाअत हो जाए

जुगनुओं तुमको नये चाँद उगाने होंगे
इससे पहले कि अँधेरों की हुकूमत हो जाए

उखड़े पड़ते हैं मिरी क़ब्र के पत्थर हर दिन
तुम जो आ जाओ किसी दिन तो मरम्मत हो जाए

चलते-फिरते हुए महताब दिखायेंगे तुम्हें
हमसे मिलना कभी पंजाब दिखायेंगे तुम्हें

चाँद हर छत पे है सूरज है हर इक आँगन में
नींद से जागो तो कुछ ख़्वाब दिखायेंगे तुम्हें

ऐसी इक आग जो महसूस नहीं होती है
आँसुओं में है जो तेज़ाब दिखायेंगे तुम्हें

फुर्सतें हों तो मिरे शहर की जानिब आना
जितनी चीज़ें भी हैं नायाब दिखायेंगे तुम्हें

पूछते क्या हो कि रूमाल के पीछे क्या है
फिर किसी रोज़ ये सैलाब दिखायेंगे तुम्हें

तुम जो आओ तो रुके कामों को रफ़्तार मिले
फूल खिलने को हैं बेताब दिखायेंगे तुम्हें

उनकी बुनियाद सियासत में रखी होती है
शहर के मिम्बरो-मेहराब दिखायेंगे तुम्हें

ये सहारा जो नहीं हो तो परीशाँ हो जाएँ
मुश्किलें जान ही ले लें अगर आसाँ हो जाएँ

पेड़ भी, शाख़ें भी, पत्ते भी परीशाँ हो जाएँ
ये परिंदे भी अगर हिन्दू-मुसलमाँ हो जाएँ

आसमाँ से तो कुशादा है मिरे घर की छत
चाँद-तारे कभी आयें मिरे मेहमाँ हो जाएँ

मैं तो इस गोशा-नशीनी में दुआ करता हूँ
जो नुमायाँ हैं वो कुछ और नुमायाँ हो जाएँ

हमने पत्थर पे कुरेदी है जिसे नाख़ुन से
आइने देख लें वो शक्ल तो हैराँ हो जाएँ

वो बताता है परीशानी से बचने का इलाज
उसकी कोशिश है कि हम और परीशाँ हो जाएँ

ये जो कुछ लोग फ़रिश्तों से बने फिरते हैं
मेरे हत्थे कभी चढ़ जाएँ तो इंसाँ हो जाएँ

सबकी नींदों में सभी ख़्वाबों में शामिल हो जाएँ
लोग सोये हैं चलो शहर में दाख़िल हो जाएँ

फ़र्ज़ तो अपना निभायेंगे ये हर हालत में
हादसे भी कोई हम-तुम हैं कि ग़ाफ़िल हो जाएँ

जो मिरा रास्ता रोके हुए कुछ पत्थर हैं
वो अगर कह दे कि 'हो जाओ!' तो मंज़िल हो जाएँ

रवादारी है बुज़ुर्गों की रिवायत वरना
जितने आसान हैं हम उतने ही मुश्किल हो जाएँ

बे-उजाला से नज़र आने लगे हैं तारे
मुझसे मिल लें जो किसी रोज़ तो झिलमिल हो जाएँ

मौत से कहना कि कुछ दिन मुझे मोहलत दे दे
मेरी कोशिश है कि बच्चे किसी क़ाबिल हो जाएँ

क़ीमतें क्या हैं हमारी उसे अंदाज़ा नहीं
उसकी कोशिश है कि हम मुफ़्त में हासिल हो जाएँ

फ़ैसला जो कुछ भी हो मंज़ूर होना चाहिए
जंग हो या इश्क़ हो भरपूर होना चाहिए

भूलना भी है ज़रूरी याद रखने के लिए
पास रहना है तो थोड़ा दूर होना चाहिए

इश्क़ है तो इश्क़ की मेराज पहली शर्त है
ज़ख़्म है तो ज़ख़्म को नासूर होना चाहिए

उम्र सारी कट गयी है जिनकी पत्थर तोड़ते
अब तो उन हाथों में कोहेनूर होना चाहिए

अपने हाथों से बनाया है ख़ुदा ने आपको
आपको थोड़ा बहुत मग़रूर होना चाहिए

ऐ ज़मीं वालों तुम्हारे सामने अब आसमाँ
सर झुकाने के लिए मजबूर होना चाहिए

वो ग़ज़ल है तो हवाओं में बिखेरे हर तरफ़
वो है ख़ुश्बू तो उसे काफ़ूर होना चाहिए



मालूम

है गुज़ारिश तो गुज़ारिश पर किया जायेगा ग़ौर
हुक्म है तो हुक्म नामंज़ूर होना चाहिए

हाथ में परचम लिये निकले हज़ारों आइने
पत्थरों को अब तो चकनाचूर होना चाहिए

वो जो इक नन्ही-सी लड़की थी हमारे गाँव में
अब तो उसकी माँग में सिन्दूर होना चाहिए

दुश्मनी दिल की पुरानी चल रही है जान से, 'ईमान से
लड़ते-लड़ते ज़िंदगी गुज़री है बेईमान से, 'ईमान से

हर निवाले को ख़ुदा के नाम पर आबाद रख, 'ये याद रख
बरकतें नाराज़ हो जाती हैं दस्तरख़्वान से, 'ईमान से

रात के पिछले पहर बन-बनके आया इक सवाल, 'उसका ख़याल
और फिर जैसे धुआँ उठने लगा लोबान से, 'ईमान से

सोचता हूँ डूब जाऊँ जिस्म की गहराई में, 'तन्हाई में
झाँकता रहता है लेकिन कोई रौशनदान से, 'ईमान से

इक 'तकल्लुफ़' इक 'झिझक कुछ 'ख़ौफ़' अपने आप से, 'चुपचाप से
ज़िंदगी भर अपने घर में हम रहे मेहमान से, 'ईमान से

उसके ईमाँ पर यक़ीं जो भी करे अंजान है, 'नादान है
छोटी-छोटी बात पर कहता हो जो ईमान से, 'ईमान से

ऐ वतन इक रोज़ तेरी ख़ाक में खो जाएँगे, 'सो जाएँगे
मर के भी रिश्ता नहीं टूटेगा हिंदुस्तान से, 'ईमान से



मालूम

मेरे हुजरे में नहीं और कहीं पर रख दो
आस्माँ लाए हो ले आओ ज़मीं पर रख दो

मैंने जिस ताक़ में कुछ टूटे दिये रक्खे हैं
चाँद-तारों को भी ले जाके वहीं पर रख दो

अब कहाँ ढूँढ़ने जाओगे हमारे क़ातिल
आप तो क़त्ल का इल्ज़ाम हमीं पर रख दो

अब तो इस ख़स्ता मकाँ की भी यही ख़्वाहिश है
बोझ बुनियाद पे जो है वो मकीं पर रख दो

उसकी तस्वीर इसी तरह मुकम्मल होगी
जाओ सूरज को उठा लाओ जबीं पर रख दो

हो वो जमना का किनारा ये कोई शर्त नहीं
मिट्टी मिट्टी में ही रखनी है कहीं पर रख दो

फूल गुलदान में, जूड़े में कि गजरे में रहे
जो महकता है वो महकेगा कहीं पर रख दो

शरीके-जाँ  शरीके-जंग  हो  जा
मैं शीशा हो चुका, तू संग हो जा

ज़मीं  पर  आ  कभी  ऊँचाइयों  से
तमाशे  देख  ले  और  दंग  हो  जा

मिरी  परछाई  ने  अक्सर  कहा  है
अकेला  है  तू  मेरे  संग  हो  जा

हरारत  कुछ  तो  पैदा  कर  लहू  में
रुबाबो-रक़्स  हो  जा,  चंग  हो  जा

ज़मीनें  लाल  होती  जा  रही  हैं
जो  है  ये  रंग  तो  बेरंग  हो  जा

कोई  पहचान  तो  क़ायम  हो  तेरी
शराफ़त  ठीक  नइं  हुड़दंग  हो  जा

मुझे  मिलती  है  मंज़िल  हर  क़दम  पर
भटकना  है  तो  मेरे  संग  हो  जा

तिरे फैलाव में तेरा ज़ियाँ है
मिरी माने तो थोड़ा तंग हो जा

वफ़ा मीज़ान हैं वो दोनों आँखें
समंदर आ कभी पासंग हो जा

क़लंदर हम अलग ही रंग के हैं
किसी दिन मिल के रंगारंग हो जा

सख़्त दुश्वार था मगर चल कर
ख़ुद को पहुँचा हूँ आग पर चल कर

किसको दिलचस्पियाँ हैं मंज़िल से
देख आयेंगे इक नज़र चल कर

कुछ मसाजिद हैं कुछ हैं मयख़ाने
क्या करेंगे मियाँ उधर चल कर

हम उसी की तरफ़ सफ़र में थे
मौत को देंगे हम ख़बर चल कर

पाँव मिट्टी ने बाँध रक्खे हैं
क्या लगा हाथ उम्रभर चल कर

आज कितना पिछड़ गयी दुनिया
रहनुमाओं की राह पर चल कर

शबे-महताब है शराब पियें
मिर्ज़ा ग़ालिब की क़ब्र पर चल कर

हम भी चल पड़ते हैं मुरव्वत में
हम तक आयी है रहगुज़र चल कर

सुबह तक इंतज़ार रहता है
सूरज आता है रातभर चल कर

किस तरह अपने घर चला जाए
आओ कुछ सोचते हैं घर चल कर

आज ग़म कम से कुछ ज़ियादा है
ये ख़ुशी ग़म से कुछ ज़ियादा है

अपने दुश्मन हैं मोहतरम कि उन्हें
तजरिबा हमसे कुछ ज़ियादा है

चारागर ये समझ नहीं पाये
ज़ख़्म मरहम से कुछ ज़ियादा है

ये जो दुनिया में नाम है तेरा
ये मिरे दम से कुछ ज़ियादा है

हमभीकुछकमनहींहैंतल्ख़-मिज़ाज
वो मगर हम से कुछ ज़ियादा है

जाने क्या हो सज़ा कि जुर्म मिरा
जुर्मे-आदम से कुछ ज़ियादा है

जाने इस बार क्यों ये बेचैनी
अगले मौसम से कुछ ज़ियादा है

ज़िंदगी यूँ भी है अज़ीम कि ये
उम्र में हमसे कुछ ज़ियादा है

ग़मे-दुनिया भी है अज़ीज़ मुझे
ये तिरे ग़म से कुछ ज़ियादा है

दोनों हस्सास तो बहुत हैं मगर
फूल शबनम से कुछ ज़ियादा है

यही हर मकाँ का मुक़द्दर मिला
बनाया था जिसने वो बाहर मिला

कभी अपने अंदर न बाहर मिला
मैं अक्सर किसी और के घर मिला

हमें अपना-अपना मुक़द्दर मिला
मुझे सर मिला उसको पत्थर मिला

किया अब के मायूस इस शहर ने
वही मिल न पाया जो अक्सर मिला

नशा इस तरह होगा दो-आतिशा
शराब और आँसू बराबर मिला

मनाते हैं ईदें जिसे देखकर
वो हर शाम मुझको ज़मीं पर मिला

मगर बात करने की हिम्मत नहीं
बड़ी कोशिशों से तो नम्बर मिला

सभी थक गये ढूँढ़ते-ढूँढ़ते
तुम्हारे पते पर मिरा घर मिला

पड़ी इस क़दर बर्फ़ एहसास पर
मई-जून में भी दिसम्बर मिला

जज़ीरे कई सर उठाने लगे
बड़ी मुश्किलों से समंदर मिला

इश्क़ में जीत के आने के लिए काफ़ी हूँ
मैं अकेला ही ज़माने के लिए काफ़ी हूँ

हर हक़ीक़त को मिरी ख़्वाब समझने वाले
मैं तिरी नींद उड़ाने के लिए काफ़ी हूँ

ये अलग बात कि अब सूख चुका हूँ फिर भी
धूप की प्यास बुझाने के लिए काफ़ी हूँ

बस किसी तरह मिरी नींद का ये जाल कटे
जाग जाऊँ तो जगाने के लिए काफ़ी हूँ

जाने किन भूल-भूलइयों में हूँ ख़ुद भी लेकिन
मैं तुझे राह पे लाने लिए काफ़ी हूँ

डर यही है कि मुझे नींद न आ जाए कहीं
मैं तिरे ख़्वाब सजाने के लिए काफ़ी हूँ

ज़िंदगी ढूँढ़ती फिरती है सहारा किसका
मैं तिरा बोझ उठाने के लिए काफ़ी हूँ



मालूम

मेरे दामन में हैं सौ चाक मगर ऐ दुनिया
मैं तिरे ऐब छुपाने के लिए काफ़ी हूँ

एक अख़बार हूँ औक़ात ही क्या मेरी मगर
शहर में आग लगाने के लिए काफ़ी हूँ

मेरे बच्चों मुझे दिल खोल के तुम ख़र्च करो
मैं अकेला ही कमाने के लिए काफ़ी हूँ

कभी न ख़त्म हो वो दास्तान बन के रहे
तिरी ज़मीन पे हम आसमान बन के रहे

सभी के वास्ते दरवाज़ा खोल रक्खा है
ये दिल उसी का है जो मेरी जान बन के रहे

वो एक झील है अब और हम कमल का फूल
वो जब बहाव था हम भी चटान बन के रहे

हम एक क़तरे से बढ़कर नहीं थे कुछ भी मगर
समंदरों के लिए इम्तिहान बन के रहे

बस एक शाम गुज़ारी थी उसकी क़ुर्बत में
फिर उसके बाद तो हम ज़ाफ़रान बन के रहे

है दुश्मनों की बड़ी क़द्र मिरी नज़रों में
तमाम उम्र मिरे मेहरबान बन के रहे

हवा चली तो ज़मीं से बँधे हुए हैं हम
हवा थी बंद तो हम भी उड़ान बन के रहे

वो गूँगे-बहरों की बस्ती थी उम्रभर जिसमें
ज़ुबान रख के भी हम बेज़ुबान बन के रहे

इन्हीं के दम से ये मंज़िल है मेरे क़दमों में
ये रास्ते जो हमेशा मकान बन के रहे

न साथ छोड़ हमारा ऐ ज़िंदगी कि हमीं
तमाम उम्र तिरे तर्जुमान बन के रहे

क़बीले भर की विरासत समझ रखा है क्या
मुझे भी माले-ग़नीमत समझ रखा है क्या

यहाँ तो झूठ न बोलो ये मेरा हुजरा है
इसे भी तुमने अदालत समझ रखा है क्या

वो फूँक दे तो हथेली पे फूल खिलते हैं
ये शोबदे हैं करामत समझ रखा है क्या

सुना है वो मिरी महफ़िल में आना चाहते हैं
शराबख़ाने को जन्नत समझ रखा है क्या

ये आसमान धुएँ के सिवा कुछ और नहीं
खुली ज़मीन, खुली छत समझ रखा है क्या

ज़रा-सी बात पे तंग आके ज़हर पी लेना
ये बुज़दिली है, शुजाअत समझ रखा है क्या

बहुत-सी और भी रस्में हैं इस ज़माने में
मुहब्बतों को मुरव्वत समझ रखा है क्या



मालूम

ये लफ़्ज़ अलग है मियाँ इसका एहतराम करो
फ़रार होने को हिजरत समझ रखा है क्या

किया है वादा मगर तय नहीं कि आ भी जाए
उसे भी तुमने क़यामत समझ रखा है क्या

मिरी वफ़ाओं को सिक्कों में तोलने वालो
इबादतों को तिजारत समझ रखा है क्या

धूप इक इस्तिआरा बहुत है
चाँदनी इक इशारा बहुत है

उसकी आँखों में है एक आँसू
झील में इक शिकारा बहुत है

और क्या चाहिए आसमाँ को
एक चाँद इक सितारा बहुत है

ख़ुश्क आँखों को पहचानता था
एक पानी जो खारा बहुत है

जंग तो ख़ूब जीती हैं लेकिन
आदमी ख़ुद से हारा बहुत है

नाम से तेरे वाक़िफ़ नहीं हूँ
फिर भी तुझको पुकारा बहुत है

कौन एहसान उठाए भँवर का
डूबने को किनारा बहुत है

हमसे वो लोग वाक़िफ़ नहीं हैं
जिन पे एहसाँ हमारा बहुत है

इसमें रहना नहीं फिर भी हमने
घर  सजाया-सँवारा  बहुत  है

आइए  कुछ  नया  काम  ढूँढ़ें
इश्क़  में  तो  ख़सारा  बहुत है

तुझे मेहमान करना चाहता हूँ
मैं घर लोबान करना चाहता हूँ

मिरे अंदर बहुत से आदमी हैं
उन्हें इंसान करना चाहता हूँ

तुझे मालूम भी है ज़िन्दगी, मैं
तिरा नुक़्सान करना चाहता हूँ

मिरे काँधे पे रक्खी हैं ज़मीनें
सफ़र आसान करना चाहता हूँ

ज़बाँ को सी रखा है कुछ दिनों से
मैं इक ऐलान करना चाहता हूँ

मैं अपने आप पर काफ़ी दिनों से
कोई एहसान करना चाहता हूँ

किताबे-ज़िंदगी तरतीब दी है
तुझे उनवान करना चाहता हूँ

तो फिर यक़ीन से आगे भरम निकल जाये
हवा न हो तो चराग़ों का दम निकल जाये


हम अहले-दिल को हिक़ारत से देखने वाले
ख़ुदा करे तिरी गर्दन का ख़म निकल जाये


तो ये समझ लो कि है दाँव पर दुकान की साख
मैं पूरा तोल के दूँ और कम निकल जाये


है पुलसरात का ख़तरा जो इस ज़माने को
मिरे क़दम से मिलाकर क़दम निकल जाये


बदन से रूह का है इस तरह जुदा होना
हरम से जैसे चराग़ो-हरम निकल जाये


अब अपने आपको ज़रख़ेज़ देखना है मुझे
ख़ुदा करे मिरी मिट्टी भी नम निकल जाये


मैं पाँव काट के अपने, चढ़ा दूँ सूरज को
वो मुझसे आगे अगर दो क़दम निकल जाये


डॉ. राहत इंदौरी

बादल    नीले-नीले    हैं
खेत   बहुत   ज़हरीले   हैं

साया-साया   बारिश   है
धूप   के   कपड़े   गीले   हैं

आँखों   में   कुछ   चुभता   है
शायद   ख़्वाब   नुकीले   हैं

उनके   साथ   ख़ुदा   भी   है
जिनके   साथ   वसीले   हैं

मेरी   इन   दो   आँखों   में
कुछ   बेनाम   क़बीले   हैं

जिनसे   सर   पर   चोट   लगी
वो   पत्थर   चमकीले   हैं

आँखें   ठन्डी-ठन्डी   हैं
मंज़र   सीले-सीले   हैं

मौसम, शाख़ें, पत्ते, फूल
सबके चेहरे पीले हैं

कभी मुहम्मद शाह रहे
अब हम रंग-रँगीले हैं

फूलों के घर जाना है
और रस्ते पथरीले हैं

फ़ितरत में है आग मगर
लहजों से बर्फ़ीले हैं

कभी ज़ोर आज़माई की है मैंने
तो ख़ुद से ही लड़ाई की है मैंने

मैं अपनी नदियों का ख़ुद हूँ क़ातिल
बहुत दिन पारसाई की है मैंने

उजाले पीले-पीले लग रहे हैं
चराग़ों की सफ़ाई की है मैंने

कहीं दस्ते-तलब फैला न मेरा
ये क्या कुछ कम कमाई की है मैंने

था झगड़ा एक क़तरे की अना का
समंदर से लड़ाई की है मैंने

हमेशा मैं ही सूली पर चढ़ा हूँ
हमेशा हक़-नवाई की है मैंने

बता तेरी तरह ऐ सुर्ख़ सूरज
कभी क्या ख़ुद-नुमाई की है मैंने

सफ़र है शहरे-मुहब्बत का, थक भी सकती है
नया इलाक़ा है दुनिया भटक भी सकती है

हमारे सीने में बेनाम-सी ये क्या शय है
ये आग है तो किसी दिन भड़क भी सकती है

उछल-उछल के सितारों को तोड़ने वालो
ज़मीन अपनी जगह से सरक भी सकती है

अभी हमारे तअल्लुक़ की आँच बाक़ी है
कुरेदें राख अगर तो चमक भी सकती है

तुम अपने हाथों से छूकर तो देखना इक दिन
पता चलेगा कि मिट्टी धड़क भी सकती है

यही मरज़ है कि सच बोलने के आदी हैं
हमारी बात किसी को खटक भी सकती है

बँधी हुई है हवाओं की आँख में वरना
भरी हुई है जो बदली, छलक भी सकती है

दोपहरी को शाम करो
सारा दिन आराम करो

क़त्ल करो कुछ लोगों का
दुनिया भर में नाम करो

हर मौसम है झगड़ालू
सबका काम तमाम करो

मेरा मरना अच्छा है
क़िस्सा ख़ुशअंजाम करो

पूजा, सजदे, शंख, अज़ान
सबकी नींद हराम करो

धूप का चश्मा पहनाकर
सूरज को बदनाम करो

रंगों को गिरवी रक्खो
ख़ुशबू को नीलाम करो

इस क़दर प्यार की बारिश हो कि जल-थल हो जाऊँ
तुम घटा बनके चले आओ मैं बादल हो जाऊँ

घर में बैठा हूँ चमकते हुए सोने की तरह
मैं जो सर्राफ़े में आ जाऊँ तो पीतल हो जाऊँ

ढूँढ़ते-ढूँढ़ते इक उम्र गुज़ारी जिसको
वो अगर सामने आ जाए तो पागल हो जाऊँ

मुझको बैसाखियाँ काँधे पे लिये फिरती हैं
इस सवारी से तो अच्छा है मैं पैदल हो जाऊँ

मेरे सन्नाटों ने आबाद रखा है मुझको
मैं तिरे शहर में आ जाऊँ तो जंगल हो जाऊँ

मसअला अपने लिए ख़ुद ही बना बैठा हूँ
हो अगर तेरा इशारा तो अभी हल हो जाऊँ

मुंतज़िर चाक पे है मेरी अधूरी मिट्टी
तुम ज़रा हाथ लगा दो तो मुकम्मल हो जाऊँ

दिन भर की जो कमाई है, घर लेके जाएँ हम
मंज़र नहीं तो सिर्फ़ नज़र लेके जाएँ हम

साहिल पे इक ज़माने से हलचल नहीं हुई
कैसा रहे कि साथ भँवर लेके जाएँ हम

कैसे गले लगाएँ, गला काटें किस तरह
तेरी गली से कुछ तो हुनर लेके जाएँ हम

छोटे-से इक मकान में गुंजाइशें कहाँ
दुनिया कहाँ रखेंगे अगर लेके जाएँ हम

कासे में कोई ताज़ा कहानी ही डाल दे
कुछ भी नहीं है पास जो घर लेके जाएँ हम

बेसम्तियों का जाल है आँखों के सामने
दुनिया को अपने साथ किधर लेके जाएँ हम

मुद्दत के बाद घर की तरफ़ जा रहे हैं हम
कुछ भी नहीं तो गर्दे-सफ़र लेके जाएँ हम



मालूम

अच्छा किसे लगेगा कि सब ख़ैरियत से हैं
बस्ती में कोई ख़ास ख़बर लेके जाएँ हम

कोशिश बिसात भर है मगर कुछ बुरी नहीं
खारे समंदरों में शकर लेके जाएँ हम

वो सामने शजर है फलों से लदा-फदा
पत्थर उठा सकें तो समर लेके जाएँ हम

किसे बताऊँ जो बीमार की ज़रूरत है
मुझे दवा की नहीं प्यार की ज़रूरत है

दिशाएँ मेरी, ज़मीं मेरी, आसमाँ मेरा
मुझे न छत की न दीवार की ज़रूरत है

हैं हम फ़क़ीरों, कबीरों के सिलसिले वाले
वो और हैं जिन्हें दरबार की ज़रूरत है

हमारे साथ कहाँ हो सकेगा समझौता
तुम्हें तो हाशिया-बरदार की ज़रूरत है

भटकता रहता है बेसम्तियों के जंगल में
मिरे क़बीले को सरदार की ज़रूरत है

जहाँपनाह नवाज़ेंगे मुझको ख़िलक़त से
यही है वक़्त जब अफ़कार की ज़रूरत है

ये कह रहा है हर इक लफ़्ज़ चीख़कर मुझसे
कि अब क़लम नहीं तलवार की ज़रूरत है



मालूम

इधर मरीज़ करामत के इंतज़ार में है
उधर तबीब को बीमार की ज़रूरत है

ज़रूरतें ही नये लोग पैदा करती हैं
कहानियों को भी किरदार की ज़रूरत है

ये चीख़-चीख़ के मेरा गला भी बैठ गया
मैं बिक रहा हूँ ख़रीदार की ज़रूरत है

बनती नहीं है बात गुज़ारिश के बाद भी
वो बुत बना हुआ है परस्तिश के बाद भी

इक बार भी न मौत ने मौक़ा दिया हमें
सौ बार ज़िंदगी की सिफ़ारिश के बाद भी

काग़ज़ का पुलसरात था और तेज़ बारिशें
हम पार आ गये तिरी साज़िश के बाद भी

बेनाम-सी तमन्ना कोई और दिल में है
इतने करम और इतनी नवाज़िश के बाद भी

हो कोई आँख वाला तो क़ीमत लगे मिरी
मैं बिक नहीं रहा हूँ नुमाइश के बाद भी

जज़्बे की दाद दे मिरी रफ़्तार पर न जा
मैं चल रहा हूँ पाँव में लर्ज़िश के बाद भी

अगले जनम का कोई तसव्वुर कहाँ से लाएँ
इस बार तो न मिल सके कोशिश के बाद भी

क्या देखता हूँ मैं कि उठाने लगी है सर
ख़्वाहिश इक और आख़िरी ख़्वाहिश के बाद भी

ये चाँद भी शराब के प्याले से कम नहीं
मुझ तक न आएगा कभी गर्दिश के बाद भी

काफ़ी है औलती ही भिगोने के वास्ते
बरसात होती रहती है बारिश के बाद भी

ख़ुशियाँ किसी की देखके हैरान कम नहीं
जो लोग ख़ुश हैं वो भी परेशान कम नहीं

चलने की धुन सवार है और नंगे पैर हूँ
लम्बे सफ़र में इतना भी सामान कम नहीं

दुनिया तुझे सलाम तिरा इस फ़क़ीर पर
एहसान कुछ नहीं है, ये एहसान कम नहीं

ऐलान क्या हुआ था इसी सिलसिले में आज
ऐलान भर हुआ है ये ऐलान कम नहीं

अब के हवा चली ही नहीं, आग थी चली
इस बार बर्फ़बारी के इम्कान कम नहीं

जीता कोई नहीं मगर इस बार जंग में
नुक़्सान जो हुआ है वो नुक़्सान कम नहीं

कुछ दोस्तों को जाना है मैंने क़रीब से
कुछ दुश्मनों के मुझ पे भी एहसान कम नहीं

सुब्ह फिर है वही मातम दरो-दीवार के साथ
कितनी लाशें मिरे घर आएँगी अख़बार के साथ

एक तक़रीर बदलती है कई ज़ेहनों को
लोग बीमार भी हो जाते हैं बीमार के साथ

मुझको शक है कि मैं ग़ालिब नहीं बन पाऊँगा
मेरा रिश्ता ही नहीं है किसी दरबार के साथ

अब वो पहले से मरासिम ही कहाँ हैं दिल में
अब तो बनती ही नहीं अपनी गुनहगार के साथ

लोग दरवाज़े से निकले तो कहाँ जा पहुँचे
और इक हम हैं जो उलझे रहे दीवार के साथ

भीग जाने का मज़ा सूख के रह जाता है
तेज़ आँधी भी चली आती है बौछार के साथ

अब वो चुपचाप हैं जो पहले बहुत बोलते थे
लोग समझौता किए बैठे हैं सरकार के साथ

मेरे घर में उल्टा-सीधा घर का हर मंज़र रक्खा है
आतिशदान में फूल रखे हैं, गुलदस्ते में सर रक्खा है

दिल की दौलत साथ रही और दुनिया भर में घूमे हम
चोर-लुटेरे ये क्या जानें माल तो सब अंदर रक्खा है

पंचायत में हमने अक्सर ऐसे मंज़र देख रखे हैं
पैरों में पगड़ी रक्खी है गर्दन में मफ़लर रक्खा है

इंसानों की शक्ल में हैं हाथी, घोड़े, बंदर, भालू
नाम बदलकर इस दुनिया का हमने चिड़ियाघर रक्खा है

तेज़ हवा के मुँह क्या लगना आती-जाती रहती है ये
हमने काफ़ी सोच-समझकर काग़ज़ पर पत्थर रक्खा है

लम्बी ताने सोने वालो नींदें महँगी पड़ सकती हैं
साफ़ न कर दे हाथ वो हमने जिसको पहरे पर रक्खा है

दम क्यूँ निकले हर ख़्वाहिश पर जब्र किया हर गुंजाइश पर
बोतल में इक देव है जिसको मैंने बस में कर रक्खा है



मालूम

जो दे रहे हैं तुम्हें फल पके-पकाए हुए
वो पेड़ तुमको मिले हैं लगे-लगाए हुए

ये अब तो अपनी छतों को भी भूल जाते हैं
कहाँ गये वो कबूतर सधे-सधाए हुए

हवा से कहना कि कुछ एहतियात लाज़िम है
बिखर न जाएँ घरौंदे बने-बनाए हुए

अजीब लोग हैं हँसने की शर्त पर हमको
सुना रहे हैं लतीफ़े सुने-सुनाए हुए

ये क्या ज़रूरी है ग़ज़लें भी ख़ुद लिखी जायें
ख़रीद लाएँगे कपड़े सिले-सिलाए हुए

ज़मीन ओढ़ के सोये हैं सारी दुनिया में
न जाने कितने सिकंदर थके-थकाए हुए

हमारे घर में सियाह पत्थरों के सीने पर
रखे हैं काँच के बर्तन धुले-धुलाए हुए

अब जो बाज़ार में रक्खे हो तो हैरत क्या है
जो भी देखेगा वो पूछेगा कि क़ीमत क्या है

मैं बुलाता भी नहीं और वो चले आते हैं
ये क़यामत जो नहीं है तो क़यामत क्या है

अपनी जानों की भी परवाह नहीं करते हम लोग
हमसे पूछे ये ज़माना कि मुरव्वत क्या है

ये बताओ कि मुहब्बत कहाँ मिल सकती है
मुझको मालूम ये करना है कि क़ीमत क्या है

कोई बतलाए कि मैं उनको बताऊँ कैसे
मुझसे वो पूछ रहे हैं कि शिकायत क्या है

अपने अंदर से भी बाहर जो न निकले हैं कभी
तबसिरा करते हैं हिजरत पे कि हिजरत क्या है

सोचता रहता हूँ हर बार मैं बहते-बहते
बारिशों को मिरी मिट्टी से अदावत क्या है

छोड़िये ताज़ा क़सीदा ये नयी तशबीहें
आप तो इतना बता दें कि ज़रूरत क्या है

उसने इक कच्चा घड़ा फेंक दिया पानी में
मैंने इक रोज़ ये पूछा था मुहब्बत क्या है

ख़्वाब-रंगों से बना डालीं हज़ारों तस्वीर
राज़ फिर भी न खुला ये कि हक़ीक़त क्या है

कभी पैरों की तरफ़ और कभी चादर की तरफ़
देख लेता हूँ मैं हर रोज़ पुरे घर की तरफ़

दस्तकें देते हुए उम्र मिरी बीत गयी
एक दरवाज़ा जो खुलता नहीं अंदर की तरफ़

सोये अख़बार पे और ईंट सिरहाने रक्खी
मैंने ख़्वाबों में भी देखा नहीं बिस्तर की तरफ़

तबसिरा जंग पे हम लोग नहीं कर सकते
हम न पोरस की तरफ़ थे न सिकंदर की तरफ़

मुझको गहराई से उसने भी नहीं जाना है
पीठ कर रक्खी है मैंने भी समंदर की तरफ़

पूछना पड़ता है अक्सर ये मुझे लोगों से
रास्ता कौन-सा जाता है मिरे घर की तरफ़

मैंने काटे हैं तही-दस्त मुसीबत के पहाड़
कभी देखा ही नहीं मैंने मुक़द्दर की तरफ़

ख़ुद से पहचान का आसान तरीक़ा था यही
आपने झाँक के देखा नहीं अंदर की तरफ़

उसने पत्थर की अक़ीदत में क़सीदा लिक्खा
जानता हूँ ये इशारा है मिरे सर की तरफ़

देखकर कितने ही समझौते मुझे करने पड़े
कभी दुनिया की तरफ़ और कभी घर की तरफ़

शाम से बादल छलकने लग गया
मैं तुम्हारी राह तकने लग गया

मुझमें कुछ तबदीलियाँ आने लगीं
मौसमों का दिल धड़कने लग गया

इक परिंदे की तबीअत थी ख़राब
शाख़ पर पत्ता खड़कने लग गया

क्या ज़मीं पर कोई मुश्किल आ पड़ी
आसमाँ क्यूँ सर पटकने लग गया

आ गयी क्या तेरे आने की ख़बर
रास्ता कैसे चमकने लग गया

फ़र्क़ सब खोटे-खरे के मिट गये
अब तो हर सिक्का खनकने लग गया

कोई आया भी नहीं था और मैं
तेरे पहलू से सरकने लग गया



मालूम

एक बदली थी बरस के थम गयी
एक शोला था भड़कने लग गया

रौशनी बनने-सँवरने आयी थी
आइना पलकें झपकने लग गया

आ गया ये किसके होंठों का ख़याल
ख़ाली पैमाना छलकने लग गया

इक कहानी थी, भुला दी जाएगी
फूल से तितली उड़ा दी जाएगी

रौशनी पहले बुझा दी जाएगी
जुगनुओं को फिर सदा दी जाएगी

टूट जाएगा ज़मीनों का भरम
आसमानों को हवा दी जाएगी

पीछे-पीछे मैं रहूँगा उम्रभर
आगे-आगे नामुरादी जाएगी

कागज़ी गुलदान बेचे जाएँगे
फूल पर ख़ुशबू लगा दी जाएगी

शोर फिर जमकर मचाया जाएगा
आग पहले से लगा दी जाएगी

दर्द का क्या है दबा देंगे उसे
याद का क्या है भुला दी जाएगी

ज़िंदगी का नश्शा हो जाए न कम
एहतियातन कुछ पिला दी जाएगी

किसने फूलों के लबों पर लिख दिया
मुस्कुराने की सज़ा दी जाएगी

इक बहाना फिर बनाया जाएगा
इक कहानी फिर सुना दी जाएगी

बे-फ़ैज़ आसमाँ के झमेलों में पड़ गयी
इस बार तो ज़मीन ही जड़ से उखड़ गयी

सब ही बिसात भर थे मिरे साथ रातभर
नन्ही-सी एक लौ थी हवाओं से लड़ गयी

इक मौत जिसने सुबह को दुश्मन बना लिया
इक नींद थी जो ख़्वाब के झगड़े में पड़ गयी

सोई थी ओढ़े अपना बदन इक बुज़ुर्ग रात
आयी है ये ख़बर कि वो छत पर अकड़ गयी

जब तक थी जंगलों में तो कुछ रख-रखाव था
आबादियों में आयी तो दुनिया उजड़ गयी

दो-चार मुट्ठियों में हुआ क़ैद आफ़्ताब
सायों ने सी रखी थी वो चादर उधड़ गयी

मोम के पास कभी आग को लाकर देखूँ
सोचता हूँ कि तुझे हाथ लगाकर देखूँ

कभी चुपके से चला आऊँ तिरी ख़िलवत में
और तुझे तेरी निगाहों से बचाकर देखूँ

मैंने देखा है ज़माने को शराबें पीकर
दम निकल जाए अगर होश में आकर देखूँ

दिल का मंदिर बड़ा वीरान नज़र आता है
सोचता हूँ तिरी तस्वीर लगाकर देखूँ

तेरे बारे में सुना ये है कि तू सूरज है
मैं ज़रा देर तिरे साये में आकर देखूँ

याद आता है कि पहले भी कई बार यूँही
मैंने सोचा था कि मैं तुझको भुलाकर देखूँ

मेरी ख़्वाहिश है कि मैं आके तिरी महफ़िल में
पत्थरों को भी कोई शेर सुनाकर देखूँ

तेरी रहमत ने बढ़ाया मुझे आके आगे
वरना तिनका कहाँ लगता था हवा के आगे

याद रहता है ज़बानी उसे साँसों का हिसाब
किसकी चल पायी है दुनिया में क़ज़ा के आगे

सब थे मसरूफ़ दुकानें भी खुली थीं सबकी
चल दिये सब मुझे मिट्टी में दबा के आगे

आसमाँ जो बड़ा मग़रूर हुआ करता था
आज झुकना ही पड़ा मेरी अना के आगे

दरो-दीवार हिफ़ाज़त के लिए काफ़ी हैं
हादसे टिक नहीं पाते हैं दुआ के आगे

लाख हम अपनी-सी करते रहें, क्या होता है
ज़ोर चलता है मियाँ किसका ख़ुदा के आगे

ये पहुँच जाती है हर रात दियों तक, कहिए
कौन मशअल लिये चलता है हवा के आगे



मालूम

मिरे वजूद से उट्ठा था जो हवा बनकर
वो मुझ पे हुक्म चलाता है अब ख़ुदा बनकर

ख़फ़ा-ख़फ़ा हैं बदन-खेत से मिरे बादल
कई दिनों से बरसते नहीं घटा बनकर

मगर किसी से भी मिलकर मज़ा नहीं आया
बहुत से लोग मिले हैं मुझे ख़ता बनकर

जो आ रहा है मुझे मुँह चिड़ाके जाता है
सज़ा मिली है यही मुझको आइना बनकर

ये ज़िन्दगी जो मुनाफ़ा कमा रही थी कभी
गुज़र रही है ख़सारे में देवता बनकर

ये कौन मेरे लिए रात-दिन है सजदे में
ये किसकी पलकों पे रहता हूँ मैं दुआ बनकर

ये मशवरा है कि मुट्ठी में क़ैद रख मुझको
पता नहीं कि मैं उड़ जाऊँ कब हवा बनकर

नींद का क़र्ज़ चुकाना है अभी
कुछ नये ख़्वाब दिखाना है अभी

है ज़रूरी हमें ज़िंदा रहना
मौत का जश्र मनाना है अभी

याद रखने की यही है तरकीब
तुझको लिख-लिखके मिटाना है अभी

छतरियाँ काम नहीं आयेंगी
धूप का जिस्म तवाना है अभी

ये कहाँ भाग रहा है सूरज
सोने-वालों को जगाना है अभी

एक तितली ने लिखा फूलों पर
प्यार करने का ज़माना है अभी

ख़ाली-ख़ाली हैं बहुत से पत्थर
इन पे कुछ फूल खिलाना हैं अभी



मालूम

रोज़ इक झूठी ख़बर लाता है
छत से महताब उड़ाना है अभी

पीठ पर वार न कर दे कोई
पीठ पर बोझ उठाना है अभी

आसमाँ है तो तसल्ली है मुझे
सर छुपाने का ठिकाना है अभी

अपने अंदर उतर गया था मैं
कुछ दिनों पहले मर गया था मैं

मेरा साया तो साथ था ही नहीं
जिनके साये से डर गया था मैं

टूट जाता क़द-आवरी का भरम
वो तो कहिये उतर गया था मैं

मेरी ख़ातिर खड़े थे गुलदस्ते
रास्ते में उतर गया था मैं

कई दीवारें अजनबी-सी लगीं
मुद्दतों बाद घर गया था मैं

मुझसे नाराज़ हैं हलफ़नामे
बात कहकर मुकर गया था मैं

चाँद गुस्से में लाल होने लगा
अपनी हद से गुज़र गया था मैं



मालूम

फिर भी छलका नहीं ग़नीमत है
सच तो ये है कि भर गया था मैं

उसने देखा मगर नहीं देखा
सर झुकाए गुज़र गया था मैं

घर तो अपना किसी क़ीमत में नहीं बन सकता
जो है ख़्वाबों में हक़ीक़त में नहीं बन सकता

तेरे कहने पे अगर काम मिरा बिगड़ा है
उम्रभर अब ये मुरव्वत में नहीं बन सकता

कभी तलवार से मज़हब नहीं फैला करते
दोस्त कोई भी अदावत में नहीं बन सकता

सच की सुनवाई ज़माने में कहाँ होती है
आपका काम अदालत में नहीं बन सकता

ख़ाक में कितनी ज़ुलेख़ाओं के चेहरे मिल जाएँ
आइना तो किसी सूरत में नहीं बन सकता

संगमरमर भी तो सोने की तरह महँगा है
अब कोई ताज मुहब्बत में नहीं बन सकता

पाँच वक़्तों की नमाज़ों में मज़ा आता है
ऐसा माहौल तो जन्नत में नहीं बन सकता



मालूम

कुछ लोग ग़ज़लगोई को आज़ार समझकर
आते हैं मुझे देखने बीमार समझकर

चेहरे पे लिखा होता है हर शख़्स का शजरा
हम भीक भी देते हैं तो किरदार समझकर

बारिश ने बहुत रक़्स किया है मिरी छत पर
हर बूँद को पाज़ेब की झंकार समझकर

अब ढूँढ़ रहा हूँ कि कहाँ खो गयी आवाज़
दुनिया को पुकारा था मददगार समझकर

दिरहम न मैं दीनार, दुकाँ हूँ न ख़रीदार
क्यूँ मिलती है दुनिया मुझे बाज़ार समझकर

इंसानों के सुख-दुःख मिरी आँखों में लिखे हैं
सब लोग मुझे पढ़ते हैं अख़बार समझकर

चराग़ उठाके हवा में उछाल सकती है
ये ज़िन्दगी तुझे उलझन में डाल सकती है

मैं जा रहा हूँ तुझे सौंपकर बदन अपना
ज़मीन क्या ये अमानत सँभाल सकती है

शिकस्ता-पा हूँ मगर दौड़ में तो शामिल हूँ
ये सोच ही मुझे आगे निकाल सकती है

वो शाहज़ादी ख़ुदा जाने अब कहाँ होगी
जो मेरे जिस्म से काँटे निकाल सकती है

बुला रहा हूँ मैं गुज़रे हुए ज़माने को
तुम्हारी याद मिरा घर उजाल सकती है

मिरी क़ज़ा के अलावा वो कोई और नहीं
मुझे क़रीब से जो देख-भाल सकती है



मालूम

है ऐसा हब्स कि बस इंतेक़ाल हो जाये
हवा चले तो तबीअत बहाल हो जाये

ये रोज़ अपने ठिकाने बदलता रहता है
न जाने कब ये कबूतर हलाल हो जाये

लिखा है जो मिरी आँखों में काश वो पढ़ ले
ज़ुबाँ से कुछ न कहूँ और सवाल हो जाये

वज़ीर, हाथी न घोड़े न अब पियादे रहे
ये आख़िरी सही इक और चाल हो जाये

तो अपने आपको पढ़ना बहुत ज़रूरी है
अगर ज़माना तिरा हम-ख़याल हो जाये

बहुत अजीब है ख़्वाहिश मगर ये ख़्वाहिश है
कि ख़ुद मैं कुछ न करूँ और कमाल हो जाये

न जाने कितने युगों का धुआँ है सीने में
ग़ज़ल न लिक्खूँ तो जीना मुहाल हो जाये

तेरी क़ुर्बत के मंज़रों वाले
हम कहाँ थे मुक़द्दरों वाले


क़िस्मतें पत्थरों पे सोने की
ख़्वाब रेशम के बिस्तरों वाले


एक दस्तार की लड़ाई है
अनगिनत हैं खुले सरों वाले


रास्ता भी यही, यही मंज़िल
हम मुसाफ़िर हैं दायरों वाले


और मिरे साथ सिर्फ़ दीवारें
आप ठहरे भरे घरों वाले


पहली बारिश की चंद बूँदें हैं
और नख़रे समंदरों वाले


कम से कम सर पे सायबान तो है
हमसे अच्छे हैं मक़बरों वाले

जिनमें नाबीना लोग रहते हैं
कुछ इलाक़े हैं मंज़रों वाले


आसमाँ हिम्मतों ने चूम लिया
छत पे बैठे रहे परों वाले


अपनी औक़ात ज़र्द पत्तों-सी
और मौसम हरे-भरों वाले

रास्ते में सफ़र तमाम किया
हमने सूरज का एहतराम किया

कावे-कावे सहर को शाम किया
मैंने छुट्टी के दिन भी काम किया

मरना आसान काम थोड़ी था
यार लोगों ने इंतज़ाम किया

दिल कभी क्या था और क्या है अब
किसने इस शाह को ग़ुलाम किया

आइनों से रहे मुख़ातिब हम
पत्थरों को भी हम-कलाम किया

एक दिल था जो अपने पास रखा
और सब कुछ किसी के नाम किया

कैसी-कैसी दवाएँ दीं मुझको
चारासाज़ों ने ख़ूब काम किया

फूल लेकर जिधर भी निकले हम
पत्थरों ने हमें सलाम किया

सबसे मुश्किल ये काम था लेकिन
हमने आवारगी में नाम किया

ज़िंदगी रास्ते में आन पड़ी
जब भी मरने का एहतमाम किया

अपने दीवारो-दर न पहचाना
घर के बाहर से घर न पहचाना

उलटे-सीधे शजर लगाता रहा
खट्टे, मीठे समर न पहचाना

आसमाँ से जुबाँ-दराज़ी की
कुव्वते-बालो-पर न पहचाना

दुश्मनों पर नज़र रखी हरदम
दोस्तों की नज़र न पहचाना

ज़हर होता तो जान भी जाता
मैं नमक और शकर न पहचाना

आपकी कुछ ख़ता नहीं इसमें
संग ही मेरा सर न पहचाना

तह में दरिया के सब था चमकीला
रेत है या गुहर न पहचाना



मालूम

शख़्सियत उसने ओढ़ रक्खी थी
वो मुझे जानकर न पहचाना

क़त्ल करके उसे मिलेगा क्या
मुझको उसने अगर न पहचाना

मेरा हमज़ाद मेरे साथ रहा
मैं जिसे उम्रभर न पहचाना

हो गयी चैन से बसर फिर भी
तुम नहीं आए रातभर फिर भी

चुभ रही है सफ़र की लम्बाई
वो मिरे साथ है मगर फिर भी

ख़ाली सड़कों ने कान में ये कहा
चाहे जैसा हो घर है घर फिर भी

सर पे संदल का पेड़ तक रक्खा
सर उठाता है दर्दे-सर फिर भी

बुनता रहता है ख़्वाब सदियों के
वक़्त है इतना मुख़्तसर फिर भी

रश्क करती है तेज़-रफ़्तारी
पा-शिकस्ता हूँ मैं मगर फिर भी

लाख काँधे पे हों हवाओं के
है सफ़र तो मियाँ सफ़र फिर भी

रास्ता अपना देखा-भाला है
साथ चलता है एक डर फिर भी

मुझ पे आते हैं किसलिए पत्थर
मैं हूँ इक शाख़े-बेसमर फिर भी

अब तो ख़ुश्की पे हैं क़दम मेरे
मुझसे लिपटे हैं कुछ भँवर फिर भी

हम अपने आँसुओं को चुन रहे हैं
सितारे किसलिए जल-भुन रहे हैं

कभी उसका तबस्सुम छू गया था
उजाले आज तक सर धुन रहे हैं

खिंची हैं उन पे अँधों की कमानें
जो अपने दौर के अर्जुन रहे हैं

शजर की शाख़ से कुछ ज़र्द पत्ते
गये मौसम के क़िस्से सुन रहे हैं

मिरी आँखों में कुछ अनदेखे मंज़र
तिरी यादों की चादर बुन रहे हैं

अभी मत छेड़िये ज़िक्रे-मुहब्बत
जलालुद्दीन अकबर सुन रहे हैं

ये ज़िंदगी सवाल थी जवाब माँगने लगे
फ़रिश्ते आके ख़्वाब में हिसाब माँगने लगे

दिखाई जाने क्या दिया है जुगनुओं को ख़्वाब में
कि आँख मलते-मलते आफ़ताब माँगने लगे

इधर किया करम किसी पे और उधर जता दिया
नमाज़ पढ़ के आए और शराब माँगने लगे

सुख़नवरों ने ख़ुद बना दिया सुख़न को इक मज़ाक़
ज़रा-सी दाद क्या मिली ख़िताब माँगने लगे

तिजारतों का रंग भी इबादतों में आ गया
सलाम फेरते ही हम सवाब माँगने लगे

ख़याल था कि लेन-देन साफ़ होना चाहिए
किया हिसाब तो वो बेहिसाब माँगने लगे

मैं दे रहा था उनको अपनी आँखें तक निकालकर
मगर वो लोग मुझसे मेरे ख़्वाब माँगने लगे

तन्हाइयों में चीख़ते बिस्तर से पूछिए
महँगे हैं क्यों लिहाफ़ दिसम्बर से पूछिए

दुनिया ख़रीद लीजे मगर अपने नाम पर
कितनी ज़मीन है ये सिकंदर से पूछिए

शामिल ख़ुलूस इसमें शनासाइयों का है
पत्थर का ज़ायक़ा तो मिरे सर से पूछिए

अब झूट-मूट में कोई तारीफ़ क्या करूँ
क़ामत की बात है तो सनोबर से पूछिए

सर्राफ़ क्या हक़ीर की क़ीमत लगाएगा
हीरे का मोल क्या है ये पत्थर से पूछिए

हुजरा है मेरा ये कोई मैदाने-हश्र है?
जो कुछ भी पूछना है वो बाहर से पूछिए

दिल लेके अपना आए हैं हम मुस्हफ़ी के पास
अब कितना काम है ये रफ़ूगर से पूछिए

बेज़ायक़ा है सब, न वो बिरयानी और न चाँप
कलकत्ता क्या हुआ है मुनव्वर से पूछिए

दावा वही है आज भी अपने वजूद का
क़तरे की हिम्मतें तो समंदर से पूछिए

अब एक बूढ़ी माँ के अलावा कोई नहीं
इस घर में कितने लोग रहे घर से पूछिए


डॉ. राहत इंदौरी

रुकी पड़ी हैं हमारी समाअतें क्या-क्या
वो सामने हों तो रक्खें शिकायतें क्या-क्या

सरों को हमने सजाया है फूलदानों में
हमारे साथ जुड़ी हैं रवायतें क्या-क्या

दबे हुए हैं कई आसमान मलबे में
ज़मीनदोज़ हुई हैं इमारतें क्या-क्या

ये बात सच है कि जीना भी एक आदत है
तो फिर बताओ कि छूटेंगी आदतें क्या-क्या

अगर ये तेरा इशारा नहीं तो फिर क्या है
ज़मीं पे टूट रही हैं क़यामतें क्या-क्या

वो जानता है कि क्या-क्या शिकायतें हैं मुझे
मैं क्या बताऊँ मुझे हैं शिकायतें क्या-क्या

मिरा लहू भी मिरे क़त्ल पर था आमादा
मिरे ख़िलाफ़ हुई हैं सियासतें क्या-क्या

मैं मुश्ते-ख़ाक में भी हो गया हूँ अब महँगा
मिरी लगायी थीं दुनिया ने क़ीमतें क्या-क्या

है तौबा करने का मौक़ा भी और गुनाह का भी
ख़ुदा ने बख़्शी हैं हमको सहूलतें क्या-क्या

दिखायी देती हैं सब उड़ते बादलों में मुझे
बसी हुई हैं निगाहों में सूरतें क्या-क्या

ये मैंने कब कहा कि मुझे प्यार मत करो
लेकिन मिरे लिए कोई ईसार मत करो

मैं जा रहा हूँ प्यार से रुख़सत करो मुझे
इन आँसुओं को राह की दीवार मत करो

उड़ने दो ज़िंदगी को खुले आसमान में
यादों के पंछियों को गिरफ़्तार मत करो

ख़ुद देख लो है कितना मसीहाइयों में दम
दम भी निकल रहा हो तो इज़हार मत करो

दुश्मन बने हुए हैं कई ख़्वाब आजकल
नींदों को मेरी और गुनहगार मत करो

दुश्मन को साथ लेके अयादत को आए हो
मैं ठीक-ठाक हूँ मुझे बीमार मत करो

दुनिया के सिलसिले में तुम्हारी जो राय है
दुनिया के सामने कभी इज़हार मत करो

खो जाएँ आँसुओं के भँवर में न सारे ख़्वाब
नदी चढ़ी हुई हो तो पुल पार मत करो

समझो कि इम्तिहान से सस्ते में लौट आए
वो ज़िंदगी भी माँगे तो इंकार मत करो

आसान रास्तों से गुज़ारो न तुम मुझे
मेरे सफ़र को और भी दुश्वार मत करो

दो घड़ी ओस में भिगोने की
साज़िशें हैं मुझे डूबोने की

पूछते हैं वो दिल के बारे में
कितनी क़ीमत है इस खिलौने की

क़हक़हे नाचते हैं होंठों पर
फ़ुर्सतें ही कहाँ हैं रोने की

नयी दुल्हन को मैंने दावत दी
अपने ग़म में शरीक होने की

हर किसी को कहाँ नसीब हुई
ये सआदत ख़राब होने की

आरज़ू थी जो आरज़ू ही रही
तेरे आग़ोश में समोने की

तूफ़ानों से आँख मिलाओ सैलाबों पर वार करो
मल्लाहों का चक्कर छोड़ो तैर के दरिया पार करो

बूढ़ी काली रात का जादू पाँव पसारे सोया है
सूरज सर पर रखकर निकलो दुनिया को बेदार करो

उल्टा-सीधा सब पढ़ लेंगे, सबकी आँखें खुलती हैं
चेहरों पर तनक़ीद न लिक्खो, आईने तैयार करो

मुट्ठी-मुट्ठी रेंगने वालो दुनिया कैसे तय होगी
टुकड़ा-टुकड़ा पर्बत काटो रस्तों को हमवार करो

उससे मिलना सहल नहीं है, कैसी-कैसी शर्तें हैं
पहले अपनी आँखें मूँदो तब जाकर दीदार करो

दुनिया से पीछे है दुनिया और इक दुनिया आगे है
इतनी छोटी-सी दुनिया है इस दुनिया से प्यार करो

तुमको तुम्हारा फ़र्ज़ मुबारक, हमको मुबारक अपना सुलूक
हम फूलों की शाख़ तराशें, तुम चाक़ू पर धार करो

छुपाके आँखों में अपनी बहार लाया हूँ
मैं इक गुलाब की तस्वीर उतार लाया हूँ

इक एक बूँद से सौ-सौ भँवर थे लिपटे हुए
बड़े जतन से मैं कश्ती को पार लाया हूँ

अगर पढ़ोगे तो अंदाज़ा होगा क़ीमत का
मैं अपने चेहरे पे इक इश्तेहार लाया हूँ

इसी का सूद चुकाने में उम्र गुज़रेगी
मैं चंद साँसें कहीं से उधार लाया हूँ

तुम्हारे इश्क़ पे ईमान कैसे ले लाऊँ
अभी मैं ख़ुद पे कहाँ ऐतबार लाया हूँ

तमाम शहर में चर्चा है अपनी क़ुर्बत का
मैं आसमान ज़मीं पर उतार लाया हूँ

निशाने-गुमशुदा बनकर न रहियो
सफ़र में दायरा बनकर न रहियो

अगर पत्थर कहे दुनिया तो कह ले
मगर तू आइना बनकर न रहियो

न जाने काम क्या पड़ जाए किस से
किसी से भी बुरा बनकर न रहियो

सिखा देंगे परिंदे चहचहाना
पहाड़ों की सदा बनकर न रहियो

कुछ अपनी बात भी रखियो अलग से
सभी का हमनवा बनकर न रहियो

इशारों पर चलायेगी ये दुनिया
ज़माने की हवा बनकर न रहियो

बहुत दुश्वार हो जायेगा जीना
ख़ुदा रक्खे, ख़ुदा बनकर न रहियो

उखड़ी पड़ी है राहगुज़र, कौन जाएगा
दुनिया बुला रही है, मगर कौन जाएगा

इस रास्ते से निकलेंगे कुछ और रास्ते
लेकिन ये तय नहीं कि किधर कौन जाएगा

अपना बदन लिहाफ़ से बाहर निकालिये
वो बज उठा सफ़र का गजर कौन जाएगा

दीवारो-दर भी होंगे पड़े लम्बी तान के
अब इतनी रात हो गयी घर कौन जाएगा

आँधी को इन फ़ुज़ूल सवालों से क्या ग़रज़
टूटेगा कौन-कौन, बिखर कौन जाएगा

ये सायादार पेड़, ये शफ़्फ़ाक रास्ते
रास आयेगा किसे ये सफ़र कौन जाएगा

तैराक कौन-कौन है बस्ती में पूछिए
आवाज़ दे रहे हैं भँवर कौन जाएगा

उदासी ओढ़कर घर पर पड़ी है
अकेली रात बिस्तर पर पड़ी है

अभी लहजे में कुछ नर्मी बढ़ेगी
अभी कुछ धूप पत्थर पर पड़ी है

कभी फ़ुर्सत मिले तो देख लेना
कोई मिन्नत तिरे दर पर पड़ी है

सभी मजलिस से रुख़सत हो चुके हैं
बस इक तकरीर मिम्बर पर पड़ी है

मिरे बाज़ू अभी चिपके हैं मुझमें
मिरी क़िस्मत अभी घर पर पड़ी है

अजब बे-मंज़री चारों तरफ़ है
नज़र इक ऐसे मंज़र पर पड़ी है

बग़ावत की है मैंने आँसुओं से
अजब आफ़त समन्दर पर पड़ी है